U0109560

瞰人間

從前，人爲財死、鳥爲食亡
如今，人爲食亡、鳥爲財死

物換星移

讓我們聽聽鳥怎麼說

楊啓宗 著

序

星光在吟詩
燈光在吶喊

枝頭上
鳥　看清了天上、人間

bird

01

好山好水
鳥　一無所有
卻擁有一切

人　什麼也沒帶來
　　卻想帶走什麼

02

問人生
想要什麼
需要什麼

鳥說：
想要，美女三千還是少一個
需要，弱水三千只要一瓢飲

03

說什麼
陽光底下沒有新鮮事

鳥說：
其實　為非作歹的新鮮事
都躲在黑夜裡

04

神愛世人
奈何
世人愛錢

bird

05

飽暖後的人心
像一隻驚弓之鳥
不知要飛往何處

人因而胖了肚子、瘦了腦子

06

人與人作對
國不泰、民不安
人人與人人作對
風不調、雨不順

07

多一個人
人間多一分自私
少一個人
天地少一分負荷

08

有一種人在地獄時
一直想上天堂
上了天堂
又想把天堂變成地獄

鳥說這種人不是「政客」
就是「駭客」

09

富裕的悲哀，莫過於讓過慣了
貧賤生活的夫妻
因而勞燕分飛

鳥說：
都是因為沒有一起
「習慣」有錢

10

一個成功的男人
背後有兩個女人
母親年老、妻子色衰

人有後顧之憂
鳥只有向前的喜悅

11

鳥飛過城市
發現繁華竟是
人類心靈的地獄

很多人沉淪於此

12

人多　是台灣的特產
嘴雜　是台灣的特色

13

晴朗
賣傘的人恨天
下雨
走路的人怨地

鳥說：
千江有水千江月
萬里無雲萬里晴

14

一個人是平靜的
一群人就勾心鬥角

鳥想
人類要和平
「談」何容易

15

「團結就是力量」
這是人類的口號
卻是螞蟻的行為

鳥聽螞蟻說：
我們與人類
志不同、道不合

16

翱翔天空
天空的思想
在鳥的心中掠過

捕捉，卻在人的心中浮現

bird

17

造物主對鳥囑咐：
千萬別跟人類
敦親睦鄰

18

人的左手並不可怕
可怕的是人的右手

bird

19

為什麼水果是甜的
鳥說：
因為人生是苦的

20

金錢　是一種是非之物
擁有多少金錢
也就是擁有多少是非

鳥說：
身無分文　一身輕鬆

21

蜂鳥吃花蜜
離去時
總不忘說聲謝謝

22

科技　越來越自動化
人類　越來越被動化

鳥說：
因此人類由　自然人
　　　　變為　機器人

bird

23

鳥遭受人類追捕
仍報以優美的歌聲

黃鶯可以作證

24

天災　對鳥並沒有什麼
人禍　才是鳥最大的災難

25

載歌載舞
小鷺鷥只在意生命中的
青山綠水

管他幾度夕陽紅

26

問鳥：
為何如此開心
鳥說：
我們展開翅膀
就有天空

27

為何人種稻
鳥不可以啄食
為何鳥種樹
人可以採擷

鳥問人
人沒有回答

bird

28

皇帝在生重視　地理
死後重視　歷史

鳥始終重視　　自然

29

從前　鳥為食亡　人為財死
如今　人為食亡　鳥為財死

鳥說：人因貪吃
　　　鳥因被食

30

人問鳥
娶妻之後二奶
二奶之後三奶
三奶之後呢？

鳥說：
沒完　沒了

31

經濟　改變了東西南北
科技　改變了春夏秋冬
權力　改變了忠孝仁愛
功利　改變了信義和平

這些改變　卻是鳥的鄉愁

32

酒是假的　甲醇是真的
此物人最怕
餌是假的　捕捉是真的
此事鳥最怕

兩者都是人的黑心

33

有人說：
禍從口出、病從口入

鳥問：
那麼車禍從哪裡出？
愛滋病從哪裡入？

34

物慾擁有的
都將成為垃圾
心靈擁有的
都將成為瑰寶

35

鳥看人
看低不看高

人看人
看高不看低

36

麻雀變鳳凰
鳥說：命也
鳳凰變麻雀
鳥說：運也

37

人類污染了河水
鳥聽到河在哽咽

38

大地是人類與鳥共同的母親
鳥問母親
為何越來越不快樂
母親說：
因為人口越來越多
人情越來越少

39

大地上
樹因鳥而有詩
鳥因樹而有畫

心地上
人在此「幅」中
不知福

40

人走到那裡
垃圾就跟到那裡

難怪
垃圾車到那裡
人就跟到那裡

41

為了和諧
丈夫裝聾
妻子作啞

人想學比翼鳥
還是不如比翼鳥

42

有錢時
爺爺買金子、父親買房子、
孫子買車子
沒錢時
爺爺省吃、父親儉用、孫子刷卡

43

出門怕塞車
入門怕停車

人的交通
不如鳥

44

光亮的背後是陰暗
高峰的底下是谷窪
這就是人生的起落

鳥　順其自然

45

鳥看人
衣服掩飾了人的老態

人看鳥
自然就是美

46

女人越來越不想當母親
男人越來越想當女人的寶貝

鳥說：難怪這年頭
車床的比賽，女人老得冠軍
烹飪的比賽，男人總是第一名

47

人類追求全球化
體力
越來越低能化
生命
越來越高齡化

鳥的生態
越來越惡化

48

一無所求的湖水
鳥飛過
只有影跡
人走過
就留下污染

49

上帝創造風
人類製造風流
上帝創造土石
人類製造土石流

土石流　流走了鳥的老家

50

人的「義」有兩種
一是成仁取「義」
一是斷章取「義」

前者有勇
後者有謀

51

人　發明金錢
錢　欺貧重富

52

人對利益
像照鏡子
只有看到自己

鳥以湖水為鏡
看到的是天空

53

所謂進化論：
狗　越來越像人
人　越來越像狗

鳥從前怕狗
　現在怕人

54

在鳥的心目中
一棟大樓
不如一棵大樹

55

日出日落
富人說時間就是金錢
窮人說金錢不是時間

鳥說：時間就是時間

56

人容易得的是「罪」
人容易失的是「信」

鳥　無得無失

57

人類什麼都在賣
連「春」也在賣

鳥說：
難怪人間四季
不三不四

58

人類想做武器
因為惟恐天下大亂
做了武器
惟恐天下不亂

59

科技效應　氣溫愈來愈熱
功利效應　人情愈來愈冷

前者影響鳥的生存
後者影響鳥的生活

60

人、生時
自己哭、別人笑
人、死時
自己不哭、別人哭

鳥、千山相迎　萬水相送

61

男人的情慾
說什麼妻不如妾
妾不如偷
偷不如偷不著

鳥說：
不吃敬酒　要吃罰酒
真是男人本「色」

62

人年輕時
父母在那裡　故鄉就在那裡
年老時
子孫在那裡　「故」鄉就在那裡

鳥　遊府吃府　遊縣吃縣

bird

63

上帝創造　「地下的鐵」
人類作成　「地下鐵」

人的交通
破壞自然

64

若非一半白天　一半黑夜
人生必定無聊
若非一半男人　一半女人
人生必定無後
若非一半工作　一半休閒
人生必定無趣

難怪人說話
鳥疑信參半

65

有人在改變萬物之異
有人在改變萬物之同
因而　人禍勝過天災

鳥說：
所謂「人定勝天」
原來如此

66

人生像一趟旅行
即使再好的食、色
仍然無法流連

鳥想到食
引以為惕
鳥想到色
引以為戒

67

有人病死
因為營養不夠
有人病死
因為營養過多

鳥無飽死
也無餓死

bird

68

減肥的生意一路發
證明
好逸惡勞是人的本性

鳥　天生麗質　標準身材

69

戰爭就是毀滅
有人以為
「死道友　不會死貧道」

鳥的經驗
「覆巢之下　豈有完卵」

70

本來一個地球足可供應人類的
一切需要

鳥說：問題是人類想要的
　　　是一個宇宙

71

日出而作
日入而息

對太陽的忠貞
人不如鳥

72

富甲天下的人
表示作事成功
一毛不拔的人
表示作人失敗

兩種人　鳥皆不屑

73

企業家
怕人說他沒有錢
政治家
怕人說他很有錢

這兩種人的心中
有鬼　沒有鳥

74

檢察官起訴書：
一寸光陰一寸金
法官判決書：
寸金難買寸光陰

鳥說：
人因此纏訟

75

天無絕人之路
人有

人有為己之心
天沒有

鳥　海闊天空

76

怕竊賊偷入
怕妻妾偷出
因而到處設牆
然而
物品仍不翼而飛
妻妾仍不告而別

鳥說，對於土地、景觀
真是牆事不足、敗事有餘

77

一種人想要平等就很難
男女兩種人想平等更難

鳥指著公廁說
哪有可能男女平「等」

78

人生沒有「如果」
人生只有「如此」

莫怪
人羨慕鳥的「如意」

79

從前　人的富貴在天
如今　人的富貴靠地

鳥說：
不管在天或靠地
人的花天酒地　卻是古今未變

80

鳥
從前驚弓
如今怕槍

難怪有人說：
槍桿子出政權

81

窮人嚮往　富裕
富人嚮往　健壯

而鳥嚮往　花開

82

有人希望、管天管的事
有人希望、天管人的事

前者自擾
後者自棄

83

鳥羨慕雲朵的自在
雲朵羨慕鳥的自由

兩樣、人都不如

84

人對人　睜一眼、閉一眼
是寬以待人

人對鳥　睜一眼、閉一眼
是嚴以律鳥

因為那是要鳥的命

bird

85

錢是什麼
鳥說：
富人的口袋常常沒錢
窮人的腦袋常常想錢

86

如果
鳥在羽翼上
像人一樣穿金戴玉
就無法翱翔了

87

誠實的本錢
只要一個誠實
謊言的本錢
需要一百個謊言

誠實　人不如鳥

88

有錢的　有一百個乾女兒
沒錢的　只有一個自己

鳥說：
難怪　富在深山有遠親

89

人生要東要西
最後只剩一條老命

人生愛來愛去
最後只需要一個老伴

鳥　千山萬水　不必相送

90

年輕人夢想奢侈
老年人懷念節儉

鳥始終如一

91

有人漏夜趕科舉
為了希望
有人辭官歸故里
因為失望

92

上帝創造萬物
人類發明燒烤
鳥　發明逃亡

難怪
上帝不得不發明末日

93

日思：醒握天下權
夜夢：醉臥美人膝

難怪
人攻人、國攻國
真是天下為「攻」

94

人的愛心一尺
人的仇恨一丈

天下豈能太平？
難怪鳥也怕人

95

如今　豐衣足食的年代
讓大家不知「缺乏」是什麼

鳥說：難怪淫慾者
　　　多到人滿為患

96

電信發達　人間通話極為方便
真是天涯若比鄰

鳥說：
「費」話連篇

97

用「拼」出來的經濟
其實
雖幫助人類的生活
卻破壞人類的生存

98

男人選錯行
是因當了「三七」

女人嫁錯郎
是因自己「三八」

99

把所有諾貝爾「和平獎得主」
集在一起
他們也不一定能夠和平相處

鳥說：
因此，才設立了諾貝爾和平獎

100

騙錢的
最怕「他鄉遇故知」
騙婚的
最怕「洞房花燭夜」

鳥最怕
「自投羅網」

101

結婚：
兩情相悅　是假的
兩性相慾　是真的
離婚：
個性不合　是假的
喜新厭舊　是真的

難怪身後
族繁不及備載

102

明明是兒子
卻要望子成「龍」
明明是女兒
卻要望女成「鳳」

鳥說：
子女無奈
只好在自己身上
不是刺「龍」　就是刺「鳳」

103

山是假的　地才是真的
風是真的　樹搖是假的
河是假的　雨才是真的
水是真的　湖泊是假的

可見
人看的人間是假的
鳥瞰的人間是真的

行政院用箋

啟宗先生台鑒：本院吳院長就職，惠承致贈大著「鳥瞰人間」一書，已轉陳閱並由院長室收存，謝謝您，順祝

闔府安泰，健康愉快

秘書長林　中　森  敬啟

98年9月28日

院臺秘字第0980094907號

國家圖書館出版品預行編目

鳥瞰人間／楊啟宗著. -- 一版. -- 臺北市：
秀威資訊科技, 2004[民93]
面； 公分. --（語言文學類；PG0028）

ISBN 986-7614-68-2（平裝）

851.486 93020621

語言文學類 PG0028

鳥 瞰 人 間

作 者 / 楊啟宗
發 行 人 / 宋政坤
執 行 編 輯 / 李坤城
圖 文 排 版 / 莊芯媚
封 面 設 計 / 莊芯媚
數 位 轉 譯 / 徐真玉 沈裕閔
圖 書 銷 售 / 林怡君
法 律 顧 問 / 毛國樑 律師
出 版 印 製 / 秀威資訊科技股份有限公司
台北市內湖區瑞光路583巷25號1樓
電話：02-2657-9211 傳真：02-2657-9106
E-mail：service@showwe.com.tw
劃撥帳號：1956386-8

2006 年 7 月 BOD 再刷
定價：150元

讀　者　回　函　卡

感謝您購買本書，為提升服務品質，煩請填寫以下問卷，收到您的寶貴意見後，我們會仔細收藏記錄並回贈紀念品，謝謝！

1.您購買的書名：________________________

2.您從何得知本書的消息？

☐網路書店　☐部落格　☐資料庫搜尋　☐書訊　☐電子報　☐書店

☐平面媒體　☐ 朋友推薦　☐網站推薦　☐其他__________

3.您對本書的評價：(請填代號　1.非常滿意 2.滿意 3.尚可 4.再改進)

封面設計____　版面編排____　內容____　文/譯筆____　價格____

4.讀完書後您覺得：

☐很有收獲　☐有收獲　☐收獲不多　☐沒收獲

5.您會推薦本書給朋友嗎？

☐會　☐不會，為什麼？________________________________

6.其他寶貴的意見：________________________________

____

____

____

讀者基本資料

姓名：__________________　年齡：_____　性別：☐女　☐男

聯絡電話：______________　E-mail：__________________

地址：____

學歷：☐高中(含)以下　☐高中　☐專科學校　☐大學

☐研究所(含)以上　☐其他______________

職業：☐製造業　☐金融業　☐資訊業　☐軍警　☐傳播業　☐自由業

☐服務業　☐公務員　☐教職　☐學生　☐其他__________

請貼
郵票

To：114

台北市內湖區瑞光路 583 巷 25 號 1 樓

秀威資訊科技股份有限公司　　收

寄件人姓名：

寄件人地址：□□□

(請沿線對摺寄回,謝謝!)

秀威與 BOD

BOD（Books On Demand）是數位出版的大趨勢，秀威資訊率先運用 POD 數位印刷設備來生產書籍，並提供作者全程數位出版服務，致使書籍產銷零庫存，知識傳承不絕版，目前已開闢以下書系：

一、BOD 學術著作—專業論述的閱讀延伸
二、BOD 個人著作—分享生命的心路歷程
三、BOD 旅遊著作—個人深度旅遊文學創作
四、BOD 大陸學者—大陸專業學者學術出版
五、POD 獨家經銷—數位產製的代發行書籍

BOD 秀威網路書店：www.showwe.com.tw
政府出版品網路書店：www.*gov*books.com.tw

永不絕版的故事・自己寫・永不休止的音符・自己唱